¡Aprende a leer, paso a paso!

Listos para leer **Preescolar–Kínder**
• letra grande y palabras fáciles • rima y ritmo • pistas visuales
Para niños que conocen el abecedario y quieren comenzar a leer.

Leyendo con ayuda **Preescolar–Primer grado**
• vocabulario básico • oraciones cortas • historias simples
Para niños que identifican algunas palabras visualmente y logran leer palabras nuevas con un poco de ayuda.

Leyendo solos **Primer grado–Tercer grado**
• personajes carismáticos • tramas sencillas • temas populares
Para niños que están listos para leer solos.

Leyendo párrafos **Segundo grado–Tercer grado**
• vocabulario más complejo • párrafos cortos • historias emocionantes
Para nuevos lectores independientes que leen oraciones simples con seguridad.

Listos para capítulos **Segundo grado–Cuarto grado**
• capítulos • párrafos más largos • ilustraciones a color
Para niños que quieren comenzar a leer novelas cortas, pero aún disfrutan de imágenes coloridas.

STEP INTO READING® está diseñado para darle a todo niño una experiencia de lectura exitosa. Los grados escolares son únicamente guías. Cada niño avanzará a su propio ritmo, desarrollando confianza en sus habilidades de lector.

Recuerda, una vida de la mano de la lectura comienza con tan sólo un paso.

 Published in the United States by Random House Children's Books, a division of Penguin Random House LLC, New York. Originally published in English in the United States as *Get Out and Play* by Random House Children's Books, a division of Penguin Random House LLC, New York, in 2020.

Step into Reading, LEYENDO A PASOS, Random House, and the Random House colophon are registered trademarks of Penguin Random House LLC.

Visit us on the Web!
StepIntoReading.com
rhcbooks.com

Educators and librarians, for a variety of teaching tools, visit us at RHTeachersLibrarians.com

Library of Congress Cataloging-in-Publication Data is available upon request.
ISBN 978-0-593-57213-9 (Spanish edition) — ISBN 978-0-593-57214-6 (Spanish lib. bdg.) —
ISBN 978-0-593-57215-3 (Spanish ebook)

Printed in the United States of America
10 9 8 7 6 5 4 3 2 1
First Spanish Edition

Random House Children's Books supports the First Amendment and celebrates the right to read.

PASO 1

LISTOS PARA LEER

LEYENDO A PASOS®

EN ESPAÑOL

JOHN CENA

SALGAMOS a JUGAR

cubierta ilustrada por Howard McWilliam
interior ilustrado por Dave Aikins

Random House New York

Elbow Grease estaba en casa.
Era un día lluvioso.

A él no le gustaba la lluvia.

¡Pero a sus hermanos
les encantaba jugar
en la lluvia!

¡Hurra!
¡PLOF!

Elbow Grease
estaba molesto.
Se sentía excluido.

Elbow Grease

tomó una decisión.

¡Aquí vengo!

¡Hola!
¿Quieres correr?

¡Los hermanos volaron a través de las hojas!

¡ZOOM!

Tank chapoteó en el lodo.

¡PAF!

¡Mírame!

Elbow Grease
persiguió a Crash.

Luego, la lluvia paró.
El sol comenzó
a brillar.

¡Oh, no!

¡Elbow Grease quería seguir jugando!

Mira, ¡hay charcos!

¡Podemos salpicarnos!

¡Elbow Grease
chapoteó a Tank!

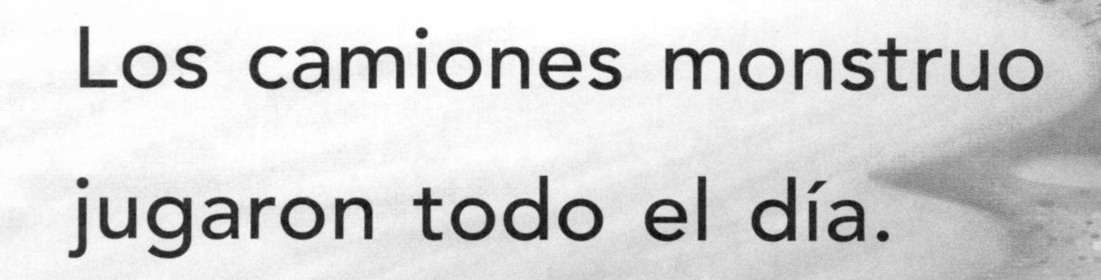

Los camiones monstruo
jugaron todo el día.

¡Fue desordenado!
¡Y divertido!
¡Hurra!